a joindre au
[illegible].
O. 331

LE ROI

EST MORT,

VIVE

LE ROI.

Se vend

A THIONVILLE,

Chez Remy de BERGUE
Libraire. 1774.

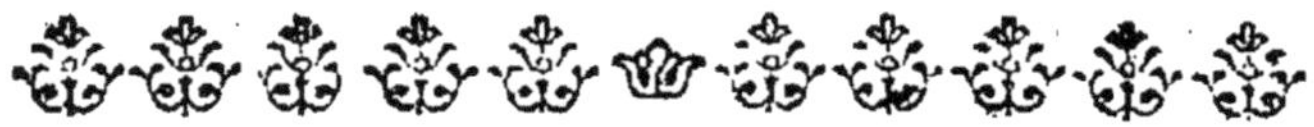

A SON ALTESSE,

Son Altesse Serenissime, Monseigneur le Prince de CONDE'.

MONSEIGNEUR,

LA FRANCE *depuis l'exiſtence de votre illuſtre Nom & de vos Aïeux, à qui elle doit ſes jours, vous a toujours regardé, & regardera juſqu'à la fin des ſiecles pour ſon protecteur & bienfaiteur. Je ne rappellerai pas toute la gloire de votre illuſtre Maiſon, qui eſt & ſera toujours dans la mémoire des vrais Citoyens. Mon unique deſſein eſt de dire combien la France a de bonheur d'être gouvernée par* LOUIS AUGUSTE DE BOURBON, *ſecondé par votre cœur paternel de Citoyen. Vous les protégez ces vrais Citoyens, & ils attendent tout de vous. Moi en mon particulier j'attends mon ſort de votre Grandeur, comme ayant verſé mon ſang pour la gloire de mon Roi, & l'honneur de la Patrie ; prêt encore de le verſer juſqu'à la dernière goutte pour l'*Auguſte LOUIS. *C'eſt un tribut que je lui payerai volontiers ſitôt qu'il s'agira de ſa gloire.*

OUI, *Monſeigneur, je languis de n'être plus utile à ma Patrie. Je me remets entre vos mains, vous,*

Bienfaiteur de la France, qui à jamais éternisera le souvenir de vos victoires ; elle s'en acquitte sans doute, sa gloire est inséparable de la votre. La mienne, MONSEIGNEUR, *me semble assurée, si vous daignez permettre à ce petit Ouvrage de paroître sous vos auspices. Je voudrois pouvoir vivre assez long-tems pour annoncer aux derniers âges que la France a de nouveau le bonheur de posséder tout à la fois un Pere & un Bienfaiteur, ami de l'Etat & du Peuple : un Roi, une Reine & un Prince universellement chéris.*

Si je pouvois, MONSEIGNEUR, *vous exprimer dignement les arden*^s

souhaits que je fais pour la conser-
vation de vos jours, si précieux à
l'Etat ; & avec quel excès de sou-
mission & de respect je suis & serai
toute ma vie :

MONSEIGNEUR,

De votre Altesse Sérénissime

Le très-humble, trés-obéissant
& très-fidéle Serviteur
R. De BERGUE.

AVANT PROPOS.

LA FRANCE me saura gré sans doute, de la prévenir du bonheur qui lui est préparé. Elle a toujours chéri le digne Sang de BOURBON ; & cet Auguste LOUIS, en montant sur son Thrône, lui donne des marques de reconnoissance par ses bienfaits.

Cette Monarchie si puissante deviendra de nos jours, par ses bienfaits, la gloire de tout l'Univers.

Oui, ma chère Patrie! notre aimable Monarque, aidé

des conseils de MARIE-AN-
TOINETTE-JOSEPHE-ANNE,
cette grande Princesse, qui ne
désire rien plus que le bonheur d'un peuple qui lui est
soumis, du haut de son Thrône
vous fera paroître un visage
plein d'amour & de tendresse
pour vous.

Le GRAND CONDE' qui
est votre soûtien, ne l'aban-
donnera pas, & il renouvellera
la gloire de ses combats par
de nouveaux efforts qu'il fera
pour vous procurer une heureuse destinée.

Joignez vos priéres aux
miennes, ma chère Patrie, &

prions Dieu qu'il conferve les jours à ces trois illuftres Per-fonnes.

Pour moi je forme des vœux fincères au Roi de l'Univers pour la confervation des vies fi utiles à ma Patrie.

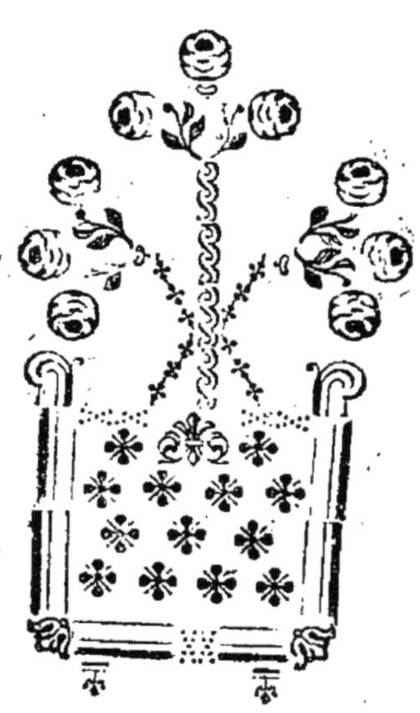

B

L'Œil sombre & menaçant quelle
horrible humanie
Proméne dans les airs son char con-
tagieux !
Des vapeurs de l'air enveloppe les
Cieux ;
Son dard empoisonné arme sa main
livide ,
Des funébres oiseaux la frémissante
voix
L'arrête sur les tours des Palais de nos
Rois.
Arrête , monstre impur , n'achéve pas
ton crime ,
Et recule à l'aspect de l'auguste victime !
Que vois-je ! tu descens ! coup affreux !
jour de deuil !

Sous la fanglante faulx LOUIS chan-
   celle , & tombe,
Un long & pâle éclair a brillé fur fa
   tombe ,
Rien ne peut réfifter à la force puif-
   fante.
Tu frappe fon corps , hélas ! tu fais
   couler nos pleurs,
Ton éclatante voix eft toujours fou-
   droïante.
 Ah ! tu déchire nos cœurs,
Fatal oifeau du monde féducteur !
Tyran deftructeur des mortels !
Ce n'eft point à ton aveugle rage
 A qui j'érigerai des Autels !
Quelle fureur ! Quel Dieu m'infpire !
Quel feu s'empare de mes fens !
Que vois-je ! Quel fpectacle !
 O ma chère Patrie !
 Où en ferions nous donc
 S'il ne nous reftoit pas cet augufte
 BOURBON !

Cette branche féconde
du Fils aîné du monde,
Nous rendra heureux par ses graces
         fécondes :
Aimé de ses Sujets, sa vertu & sa gloire
    Au Temple de mémoire
    Accompagneront ses pas.
    France ! dans ton malheur
    Vois l'appui qui te reste.
Sous un autre LOUIS, qu'annoncent
         ses bienfaits,
Les Lis vont refleurir au travers nos
         regrets:
    Il va te consoler
    D'une perte funeste !
Dieu ! soûtien des BOURBONS,
    Ne l'abandonnez pas
    Aux barrières du Thrône,
    Montrez vous sous ses pas.
    Sa bonté, ses vertus
    Vous forceront de le traiter d'Elû.

L'exemple d'un Monarque impofe & fe
fait fuivre,
Lorfque Augufte buvoit, la Pologne
étoit ivre,
Lorfque le grand LOUIS brûloit d'un
tendre amour,
Paris devint Cythère, & tous fuivoient
la Cour;
Quand il fe fit dévot, ardent à la prière,
Le flatteur Courtifan marmotta fon bré-
viaire.
Tout Prince eft entouré de vils adula-
teurs,
De ces gens dépravés, mercénaires &
flatteurs,
Dieu dans fa bonté veut nous tous con-
foler,
En renvoyant ton Pere pour fuivre fa
dicté:
Il vient, il franchit: tout-à-coup le
tonnerre

Eclate dans la nue , & fait trembler
       la terre.
Dans une nuée volante de feux ref-
       plendiffants
D'un air majeftueux un phantôme s'a-
       vance :
Prête une oreille avide à fes nobles ac-
       cents.
C'eft ton Pere ! Il lui parle ! je garde le
       filence :

O mon Fils! mon cher Fils!
Digne objet de mon zèle!
Le Monarque des Rois, le Dieu
de tes Aïeux
Me permet aujourd'huy de paroître à tes
yeux.
Je quitte pour toi seul ma demeure im-
mortelle.
Tu vas regner; frémis! Envié par l'or-
gueil,
Le Thrône qui t'attend n'est qu'un su-
perbe écuëil:
Quel que soit le pouvoir qui te tombe
en partage,
Que le bien des humains soit toujours
ton ouvrage,
Et plus ils sont ingrats, plus soyez gé-
néreux;
C'est un plaisir divin de faire des heu-
reux:

Sur-tout, n'abufez point d'une vafte
puiffance,
Et n'écoutez jamais le cri de la ven-
geance :
Qui ne peut fe dompter, qui ne peut
pardonner,
Eft indigne du rang qui l'appelle à
regner.
L'étude embraffe tout, tant elle a de
grandeur,
L'air, la terre, la mer, le ciel, & fon
Auteur,
Les deffeins du Très-Haut, fes ouvrages
immenfes ;
Mais loin que votre efprit fier de fes
connoiffances,
Perde fur l'Infini fon tems à méditer,
Au bord de cet abyme il faut vous arrê-
ter.
Qu'avec votre favoir marche la modeftie,
Ayez toujours pour but l'amour de la
Patrie.

Qui s'inftruit pour regner doit avoir un
cœur vrai
Pour fes nobles Sujets, tels que font les
François.
Ecoutez votre peuple & fuivez la raifon,
Qui vous fait par ma bouche une utile
leçon :
Préférez fes confeils, la raifon falutaire,
Et n'interdifez point à vos vrais Citoïens
un bien fi néceffaire.
Si l'appas de la gloire en fecret vous
attire,
Sachez que la vertu a le droit d'y con-
duire,
Et que la Renommée a ces mêmes
égards
Pour le fils d'Apollon, que pour le fils
de Mars.
On a vû des Héros qui rendirent hom-
mage
Au mérite, à l'efprit, à la vertu du Sage.

Je ne doute, mon cher Fils, le regne du
préfent,
La raifon qui retient votre efprit en fuf-
pens,
Ne décidez jamais légérement des cho_
fes,
Faites y exactement examiner les caufes,
Vous connoiflez l'erreur de toutes les
opinions;
Vos Peuples font foumis, & n'ont point
de paffions;
Mettez entre les mains de ce grand
Magiftrat, *
De fes mains qu'il foit libre,
La balance en flottant refpectera l'équi-
libre.
Des Sirènes de Cour la rampante fou-
pleffe,
Va de piques fans nombre entourer ta
jeuneffe;

C 2

* Mr. de SARTINE.

On n'osera t'inſtruire , on ſçaura te
flatter,
De la chère corrupteuſe les éloquentes
beautés
Tendent des piéges ſans nombre : pré-
vois à ta ſureté ;
Leurs cœurs amis des biens peuvent
tromper ta droiture,
Mèts y bon ordre , enfin préviens leur
meſure.
Tremble, connois le Thrône avant que
d'y monter,
Au - deſſus eſt la foudre, au bas eſt un
abyme ;
Le menſonge y répand une profonde
nuit,
L'erreur veut s'y placer, la volupté la
ſuit,
A leur profànes yeux tout paroît légi-
time.
De l'importun devoir le nonchalant
s'obſtine,

Endort au milieu d'eux le Monarque
           avili.
Ferme, ferme l'ouie à leûrs accents per-
           fides.
Vous ferez éclairé puifque vous voulez
           l'être ;
Ce Dieu vous a choifi, fa main vous
           conduira
Sur le Thrône des BOURBONS il gui-
           dera vos pas.
Déja fa voix terrible ordonne à la vic-
           toire
De préparer pour vous le chemin de la
           gloire ;
Mais fi la vérité n'éclaire pas votre
           efprit,
N'efpérez pas d'entrer dans les cœurs de
           la Patrie.
Sur-tout des plus grands cœurs évitez la
           foiblefie,
Fuyez d'un doux poifon l'amorce en-
           chanterefie,

Craignez vos paſſions, & ſachez quel-
ques jours
Réſiſter aux plaiſirs & combattre l'a-
mour,
Afin quand vous aurez par un effort
ſuprême
Triomphé de l'aigreur, & ſur-tout de
vous-même,
Lors dans un ſi beau regne & célébre
à jamais,
Tout un Peuple étonné vivra de vos
bienfaits;
Ces tems de vos Etats finiront les mi-
sères.
Vous leverez les yeux vers le Dieu de
vos Peres,
Vous verrez qu'un cœur droit peut eſ-
pérer en lui :
Allez, qui lui reſſemble eſt ſûr de ſon
appui;
Accuëillez les vertus quelquefois trop
timides,

Le dernier Citoyen n'en eſt pas moins
avide.
On révére les Loix que l'équité diſ-
penſe,
La politique habile affermit ta puiſſance;
Mais l'humanité ſeule apprend à bien
regner.
Ah! laiſſe tes Sujets t'aborder à leur gré,
T'offrir dans leurs regards, qui ſe tour-
nent vers toi,
Les gages ſi touchans de la bonté d'un
Roi;
Te montrer leur ivreſſe, ou t'apporter
leurs larmes:
Au comble des honneurs, digne objet
de leur flamme,
Ils parleront, & leur franchiſe ſera leur
éloquence,
Ils t'expoſeront en ſecret les beſoins de
la France,
Et juſqu'à la prière ils humilieront leur
cœur,

Dans leur foumiffion découvre leur
grandeur,
Leurs ames fouples encore te demande-
ront un plaifir,
Ne les rebute point , examine leurs
défirs,
Ils n'en eft point qui foient inépui-
fables,
Chérie donc ton Peuple de bontés inal-
térables,
Sois gardé par lui feul, jouis de fon
délire,
Qu'une foule d'heureux, vrais foûtiens
d'un Empire,
Soit un luxe nouveau réfervé pour ta
Coûr:
Des mortels adoré, dont l'ame magna-
nime
Servira fous tes Loix prodiguant leur
eftime,
Qui de tant de bienfaits, d'utiles chan-
gements,

Laisse, après toi d'illustres monumens,
Ils te traiteront d'avance de demi-Dieu
                            sur terre,
                avec un esprit ferme
Ils attendent tes ordres pour arriver au
                            terme ;
La volonté peut tout, qui ne veut qu'à
                            demi
Sort du sommeil, se leve & retombe en-
                            dormi.
Interroge sur-tout ces vieillards respec-
                            tables ,
De qui l'expérience a médité les loix ,
Connû les vœux du Peuple & les fau-
                            tes des Rois ,
Ils te découvriront la molleffe de la
                            Cour ,
L'oifiveté des Grands , & le monde va
                            toujours !
„ Les vices des Rois font la première
                            caufe ,

D

„ Que pour le bien public fe fait fi peu
de chofe,
„ Et des événemens les cœurs redou-
tables,
„ Du fonge des grandeurs à ta Cour
refpectable :
La vérité leur plaît, & fon flambeau
facré,
Dans leur paifible cœur porte un jour
épuré ;
L'ambition chez eux fatisfaite ou trom-
pée,
Témoin de l'art de Cour, n'en eft plus
occupée ;
Leurs confeils t'aideront à régir les hu-
mains,
Et te feront connoître tous les bons
Citoïens,
En marquant leurs écuëils, & leurs uti-
les génies,
Lanceront fur les flots d'une mer appla-
nie,

Le Vaiſſeau de l'Etat, dirigé par tes
               mains,
Rendront tes Peuples heureux, qui ſe-
               conderont tes ſoins:
Loin de toi ces mortels, dont l'inſo-
               lente audace
Tend par tout des piéges dans le che-
               min qu'ils tracent.
Sur le ſommet d'un mont de rochers hé-
               riſſé,
Le Temple de la gloire eſt déja préparé,
Elle promet un prix à ceux dont le cou-
               rage
Surmonte ces dangers, & viennent lui
               rendre hommage:
Mépriſe ces Tyrans, & ſes faux ſéduc-
               teurs,
qui montent par la brigue au faîte des
               honneurs;
L'or publique s'amoncelle & tari ſous
               leurs traces,

Leur infatiable main affronte cette audace;
Pour couvrir leur néant il leur faut des
grandeurs,
La veuve & l'orphelin gémiffent de leur
fureur;
Leur fublime talent n'eft que l'art d'in-
triguer,
Et leur feule politique eft de tout pro-
diguer;
Des fpécieux déhors couvre leur injuf-
tice,
Achetant des amis, ils n'ont que des
complices,
Et engloutiffent tout par un trafique
honteux,
Souvent même leurs mains, par une lâ-
che adreffe,
Détournent de Cérès, les folides richef-
fes,
Et la fertilité difparoît devant eux.

De leur joug tyrannique affranchis la nature,

Les pauvres Citoïens les payent avec
ufure.

De l'art qui les féconde, afsûre leurs
progrès,

Les tréfors de l'Etat germent dans leurs
guérets.

Quel abus des grandeurs & du pouvoir
roïal !

Quelle utile leçon aux Miniftres & aux
Princes !

Qui loin de s'occuper du bien de leur
Province,

Puiffants pour leurs voifins, miférables
chez eux,

Ont le cœur dévoré des foins ambi-
tieux,

Ou qui voluptueux plongés dans l'in-
dolence,

En d'indignes mortels ont mis leur
confiance.

Il n'eſt aucun état, tel policé qu'il ſoit,
Où pour le bien publique, la réforme
                              n'ait droit,
Où l'uſage & la loi, l'un à l'autre con-
                              traire,
N'offencent du bon ſens les préceptes
                              ſévères:
De ces difficultés on ſent les embarras,
Mais pourquoi, dites-vous, ne les leve-
                              t-on pas?
Protége les mortels qui veillent à la cul-
                              ture!
Quel bonheur, ô mon Fils! Quel triom-
                              phe pour toi!
Lorſque les Laboureurs ſans trouble,
                              ſans effroi,
Chériſſant de ces jours l'heureuſe deſ-
                              tinée,
Recuëilleront leur part des tributs de
                              l'année;
Quand les plus durs travaux leur paroî-
                              tront un jeu,

Lorsqu'appuïez d'enfans , appui de la
vieilleſſe ,
A l'aſpect des moiſſons chanteront des
hymnes d'alégreſſe ,
Béniſſant à la fois ſon Monarque &
ſon Dieu :
Ce Dieu te voit , te ſuit , & te ſera propice ,
Pour affermir ton Thrône à la voix de
juſtice ;
Comptable devant lui du bonheur des
mortels ,
Tu leur dois du ſecours de tes mains
paternelles.
L'abeille a mieux que nous réglé ſa ré-
publique ,
On n'y voit point de mouche altière &
magnifique
Refuſer à ſes ſœurs le fruit de ſes travaux ,
L'orgueil & l'intérêt reſpectent leur re-
pos.

Fière raifon, humanie, orgueilleufe fo-
  lie,
Que de ces animaux l'exemple t'humilie!
Qui diroit lorfqu'on voit de ces gens
  dédaigneux,
Que les pauvres font faits du même li-
  mon qu'eux :
Tout homme parvenu & fans naiffance
Dédaigne fon femblable étant dans
  l'opulence.
Que ces pauvres en lambeaux courbés
  fous la mifère,
Marqués des mêmes traits font en effet
  leurs frères ;
L'orguëil les a changé, c'eft l'ouvrage
  du fort,
Du riche au miférable il n'a plus de
  rapport,
A leur deftin commun rien ne les in-
  térefe,
Ce font des animaux de différente efpèce.
  Ces

Ces loups sans s'émouvoir regardent les
faucons
Du sang de la colombe arrofer les val-
lons.
Que je fuis en courroux lorfque certaine
Alteffe
Jufqu'aux chevaux & chiens prodigue
fa tendreffe;
On diroit que pour eux le deftin l'ag-
grandit,
De fa fotte dépenfe ils tirent le profit;
Ses chevaux fuperflus s'engraiffent à la
chrêche
Tandis qu'abandonnés les pauvres fe
defféchent:
Il nage dans le luxe, il ne vit que pour
lui,
C'eft un fonge vain, mon Fils, que le
malheur d'autrui,
Cet abus, mon cher Fils, à tel point
m'importune
Que je vous recommande de changer leur
fortune.

E

De l'Empire françois ranimez les beaux
jours,
Que ce Peuple confolé fleuriffe toûjours.
Diftingue tout écrit, noble & fimple à
la fois,
Dont la morale eft pure, ou la philofo-
phie,
Oppofant une barrière aux écarts du
génie,
Plaide pour tes Sujets fans infulter aux
Loix.
Fonde des monuments vainqueurs de
tous les âges,
Annoblis le préfent & foumets l'avenir:
Que ton Nom reproduit par un long
fouvenir
Soit adoré du Peuple & refpecté du Sage.
O puiffante nature, ame de l'Univers !
Souffre que mes leçons éclattent dans
les airs,
Ménagère ou prodigue on te voit toû-
jours fage,

Ton deffein permanent mène tout à l'u-
                                    fage.
Voyez les réfervoirs qui pour fes grands
                                    deffeins
Aux entrailles des monts font creufés
                            par fes mains,
Les fleuves orguëilleux en ont tiré
                            leurs fources
D'un humide cryftal ils fourniffent la
                                    courfe,
En fuïant de leurs feins , jeunes &
                        foibles ruiffeaux,
Ils arrofent les prés de leurs fécondes
                                    eaux ;
Mais bientôt aggrandis, enflés d'eaux
                            paffagères,
Ils portent leur tribut à des mers étran-
                            étrangères,
D'où le Soleil après les changeant en
                            vapeurs,
Goutte à goutte en pleuvant les rend
                        fur les hauteurs;
                        E 2

Ce n'est point pour croupir que les
        monts les amaſſent,
Par les mêmes canaux le fort veut qu'ils
        repaſſent ;
Et tels ſont les devoirs attachés aux
        honneurs,
Des dons de la fortune, cher Fils, diſ-
        penſateur ;
Le Roi pour ſes États eſt la ſource fé-
        conde,
Qui porte l'abondance & le bonheur au
        monde.
Que j'aime ce diſcours qu'un ſage Ma-
        giſtrat
Tient au Peuple romain ſéparé du Sénat.
Au tour du mont ſacré triomphoit la
        diſcorde,
Son éloquente voix rétablit la concorde.
Quelque ſoit le haut rang qu'on tient
        en ſa patrie,
De la totalité l'on fait toûjours partie.

Si par vous les humains ne sont pas se-
           courus,
Le Peuple ne voit en vous que des mem-
           bres perclus.
Fuïant l'orguëil, la haine & la ven-
           geance,
La bonté doit sur-tout annoncer ta puis-
           sance :
Il n'est rien de plus grand dans ton sort
           glorieux,
Que ce vaste pouvoir de faire des heu-
           reux,
Ni rien de plus divin dans ton beau
           caractère
Que cette volonté toûjours prête à le
           faire.
On fait dire à César, ce Consul orateur,
Qui de Ligarius se rendit protecteur,
Et c'est à tous les Rois qu'il paroît enco-
           re dire :
Pour faire des heureux vous occupez
           l'empire.

Aſtres de l'Univers ! votre éclat eſt pour
vous ,
Mais de vos doux raïons l'influence eſt
pour nous.
Égaux en aſpirant les Princes & les
Sujets,
Ne ſauvent de la mort que les biens
qu'ils ont faits ,
Ils reſtent dans l'Univers , ils vivent
dans la mémoire ,
Et leur trépas alors eſt le ſceau de leur
gloire.
Pénétre-toi , mon Fils , de cette vérité ,
Agis , ſois vertueux , plains ces triſtes
Monarques
Qui , morts & dépoüillés de leurs frivo-
les marques ,
Ne laiſſent que leur cendre à la poſtérité ,
De leur malheur il n'en faut pas profiter.
Ce généreux LOUIS , le Pere des
BOURBONS ,
A qui Dieu prodigua ſes plus auguſtes
dons ;

Sur fa tête éclatoit un brillant Diadême,
Au front du nouveau Prince il le pofa
lui même:
Recevez-le, dit-il, de la main de Louis,
Je fuis votre Pere, & vous êtes mon Fils;
La vertu doit toujours vous guider fur
ma trace,
Soulagez votre Peuple & puniffez l'au-
dace.
C'eft peu d'être un Héros, un Conqué-
rant, un Roi,
Si le Ciel ne t'éclaire, il n'a rien fait
pour toi;
Tous ces honneurs mondains ne font
qu'un bien ftérile,
Des humaines vertus récompenfe fra-
gile;
Un dangereux éclat qui paffe & qui s'en-
fuit,
Que le trouble accompagne & que la
mort détruit.

A ces mots difparoît ce Pere vertueux
dans un char de lumière,
Des Cieux en un moment traverfant la
carrière ;
Tels on voit dans la nuit la foudre &
les éclairs ;
Courir d'un Pôle à l'autre & divifer les
airs ;
Et telle s'éleva cette nue embrafée,
Qui dérobant aux yeux le Maître d'Eli-
fée,
Dans un célefte char de flammes envi-
ronné,
L'emporta loin des bords de ces globes
étonnés.
Dans le centre éclatant de ces ondes
immenfes,
Qui n'ont pû nous cacher leur marche
& leur diftance,
Luit cet Aftre du jour par Dieu même
allumé,
Qui

Qui tourne autour de soi sur son axe en-
flammé :
De lui partent sans fin des torrens de
lumière,
Il donne en se montrant la vie à la
matière,
Et dispense les jours, les saisons & les
ans
A des mondes divers autour de lui flot-
tans ;
Ces Astres asservis à la loi qui les presse,
S'attirent dans leur course & s'évitent
sans cesse,
Et servant l'un à l'autre & de régle &
d'appui,
Se prêtant les clartés qu'ils reçoivent
de lui,
Au-dela de leurs cours & loin dans cet
espace,
Où la matière nage, & que Dieu seul
embrasse,

F

Sont des Soleils sans nombre & des
mondes sans fin,
Dans ses raïons immenses, il lui ou-
vre un chemin.
Par de-là tous ces Cieux, le Dieux des
Cieux réside;
C'est là que ce digne Pere suit son cé-
leste guide.
Chaque mot qu'il venoit d'entendre
étoit un trait de flamme,
Pénétrant ce cher Fils jusqu'au fond de
son ame.
Il se crût transporté dans les tems bien-
heureux,
Où les Dieux des humains conversoient
avec eux,
Où la simple vertu prodiguoit les mira-
cles,
Commandoit à des Rois & rendoit des
oracles.
Il quitte à regret ce Pere vertueux,
Des pleurs en le perdant coulerent de ses
yeux,

Et dès ce moment même il entrevoit
l'aurore
De ce jour, qui pour lui ne brilloit pas
encore.
Ce Monarque attendri ne parut pas sur-
pris :
Dieu le maître de ses dons fut son
appui,
Le Pere de Bourbon du sein des immor-
tels,
Louis fixe sur lui ses regards paternels,
Il préfagea en lui la splendeur de sa race,
Il plaigna les erreurs, il aima son audace,
De sa Couronne un jour qui devoit l'ho-
norer,
Il voulut plus encore, il voulut l'éclairer;
Mais ce fils s'avançant vers sa Grandeur
suprême
D'un pas modeste & grave le contemple
lui-même.
Louis du haut des Cieux lui prêta son
appui,

Mais il cacha les bras qu'il étendoit
pour lui ,

De peur que ce Héros trop sûr de fes
victoires

Avec moins de danger n'acquiffe moins
de gloire.

Arbitre Souverain qui m'élevez au
Thrône ,

Apprenez-moi , dit-il , à porter la Couronne ;

Gravez-y les leçons que m'a donné
mon Pere ,

Détachez de fon front un raïon qui
m'éclaire ,

Dirigez mon efprit, & fortifiez mon cœur,

Et qu'un Peuple chéri me doive fon
bonheur.

O mon Maître ! ô mon Roi ! déja le
Ciel t'écoute ,

Il échauffe ton ame , il remplira tes
vœux ,

Et l'ange de l'empire applanira la route,
Sur les dangers du thrône il t'ouvrira les
yeux,
Le Sceptre si pesant, objet de ta fraïeur,
Ton Auguste Moitié l'entrelace de
fleurs;
Ah ! Combien de vertus parent son dia-
dême ;
On respecte son rang, c'est sa bonté
qu'on aime,
Sa bienfaisance en elle est unie aux
attraits,
Elle est de vos Etats l'ornement &
l'exemple.
Vous allez partager les cœurs de vos
Sujets ;
Voyez-les accourir, chercher votre pré-
sence,
Vous exprimer leurs vœux par les cris
d'éloquence :
Voyez tous ces tréfors des vergers & des
champs,

Que dépofe à vos pieds la prodigue
abondance ;
Voyant fous leurs yeux renaître l'efpé-
rance,
Les meres à l'envie s'empreffent fur vos
pas,
Vous montrant à leurs fils fufpendus fur
leurs bras :
Les vieillards qu'intéreffe un regne à fon
aurore,
Vous préfentent des fronts que la gaie-
té colore,
A votre afpect touchant le Peuple s'at-
tendrit,
Et fous les humbles toits la pauvreté
fourit.
Près de vous il ignore une crainte importune,
Le bienfaifant efpoir adoucit l'infor-
tune.
Ah ! montre-toi , cher Prince , à Paris
pour calmer,

Des bontés de son Roi la nouvelle est
                                    sémée,
Volant de bouche en bouche, a changé
                                    les esprits,
Nos amis ont parlé, les cœurs sont at-
                                    tendris ;
Ton Peuple reconnoissant verse des
                                    pleurs de joie,
Veut adorer un Roi que le Ciel lui en-
                                    voie :
Il benit sa Compagne, il benit son
                                    amour,
Il consacre à jamais un aussi heureux
                                    jour.
Chacun veut contempler ton auguste
                                    visage,
On veut voir BOURBON, on veut
                                    te rendre hommage.
Ton auguste Moitié, grand model de
                                    tendresse,
Fera par sa beauté refleurir la jeunesse ;

Cher adorable Couple , vient joüir de
                              ta gloire ;
Tu feras à jamais mis dedans notre mé-
                              moire.
Jeune & charmant objet , le héros des
                              bienfaits,
Propice à notre cœur , tu vas nous con-
                              foler.
Tous refpectent avec moi le jour qui t'a
                          vû naître ,
Remettre fur ton Thrône par des cris
                          d'alégreffe,
De tes juftes promeffes tu vas remplir
                          les vœux ,
Et du préfent nos jours feront des jours
                          heureux.
La France te chérit & oublie fa mifère,
Tes généreufes mains s'empreffent d'ef-
                          fuïer
Les larmes que le Ciel lui commande
                          de verfer.

De

De toi , de tes bienfaits , à parler en-
                  hardie,
C'eft de toi qu'elle attend le bonheur de
                  fa vie.
Tous leurs cœurs font dévoués à la re-
                connoiffance ,
Te donnent fur fon empire une jufte
                  puiffance.
O digne Pere ! O bon Roi !
Le dieu qui t'infpire marche devant toi,
Il fait plus qu'il ne doit ,
De peur de te laiffer féduire
      Il tracera tes pas.
Parmi tous tes enfans te charge de la
                  conduite
Qui formés fous ton joug , & nourris
                dans ta loi,
N'ont de Dieu que le tien , & de Pere
                  que toi.
Tu fais affez quel fentiment d'honneur,
Parmi fes paffions regne au fond de
   G   fon cœur;

Tu change ſon deſtin , tu calme ſes
          alarmes ,
Tu porte dans ton ſein cette auguſte
          flamme.
Je ne fais que parler pour ton Peuple
          qui m'inſpire.
Le glaive dans tes mains
Impoſera ſilence au reſte des humains :
Ta voix fera ſur eux les effets du ton-
          nerre ,
Et tu verras leurs fronts attachés à la
          terre.
Mais je te parle en homme, & ſans rien
          déguiſer ,
C'eſt des faux Citoïens de qui je veux
          parler.
Je me ſens aſſez fort pour ne pas t'a-
          buſer ,
Tu les connois ſans doute ; mépriſe leurs
          careſſes ,
Et ſache corriger leur avide commerce.

Non, jamais Roi, Pontife, ou Chef ou
                      Citoïen,
N'ont eû un projet auffi grand que le
                      tien.
Chaque Roi à fon tour a brillé fur la
                      terre,
Par les Loix, par les Arts, & fur-tout
                    par la Guerre.
J'implore ton fecours, ô divine Uranie!
Accorde à ma raifon les aîles du génie,
Et fais moi voir LOUIS au faîte de la
                    clarté.
Heureux qui peut connoître & voir la
                    vérité :
Déja les expériences en trouvent la
                    barrière,
Et je verrai LOUIS affranchir la car-
                    rière.
Venez, chers Citoïens, & cherchons fon
                    cœur,
Son ame eft naturelle & remplie de
                    douceur;

Il affecte la bonté de ses illustres Aïeux.

Vous les avez vû au milieu de leur
victoire,

Pleurer leurs ennemis leur front couvert
de gloire.

Voyez à Fontenoy LOUIS dont l'ame
égale,

Douce dans ses succès soulager les vain-
cus,

C'est un Dieu bienfaisant dont ils sont
secourus :

Ils baisent en pleurant la main qui les
désarme,

Sa valeur les soûtient, sa clémence les
charme ;

Dans le sein des fureurs la bonté trouve
un lieu ;

Si vaincre est d'un Héros, pardonner
est d'un Dieu.

Suis Auguste LOUIS tes illustres Aïeux,
Alors la Renommée en étendant ses
aîles,

Mêlant à ces récits tes bienfaits fans
débats ,
Y portera ta gloire aux plus lointains
climats.
O Héros par le Ciel aux mortels accor-
dé !
Des véritables Rois exemple augufte
& rare ,
Non , jamais des BOURBONS le
cœur ne fut barbare.
Oui, de ce nouveau regne , LOUIS par
fon amour ,
En faifant des heureux , le fera à fon
tour ,
Méprifera les flatteurs des Dieux abandonnés ,
Pourroit tarir d'un mot leur fource em-
poifonnée.
Cher Prince , ne fouffre point que d'indignes difcours
Ofent troubler la paix & l'honneur de
tes jours ,

Ni de faux Citoïens qui écartent de leur
Maître
Des cœurs infortunés qui te cherchent
peut-être :
Reçois - les dans ton fein, comble - les
de careffes ,
Leur donnant du fecours , c'eft ton
Peuple qui te preffe.
L'Etat va refpirer fous un regne plus
doux ,
La Reine de fes foins fecondera fon
Epoux ,
Et leurs mains loin du Thrône écartant
les alarmes,
Des Peuples opprimés vont effuyer les
larmes.
Il veut fur fes Sujets regner en Ci-
toïen ,
Et gagner tous les cœurs pour mériter
le fien.
Grand Dieu ! conduis ce Couple bien-
faiteur ,

Et leur accorde le nom de pacificateur :
Leurs appas , leurs vertus font dignes de
   ce prix ,
Mon cœur en est flatté plus qu'il n'en
   est furpris.
CONDE', vrai Citoïen & foûtien de
   la France,
En marchant fur tes pas fera renaître
   l'abondance :
Ce dernier d'une race en Héros fi fé_
   conde ,
Ce Guerrier dont la gloire a rempli tout
   le monde :
Oui , feul le Grand CONDE' fait trembler toute la ligue,
Mais il fallut d'un Maître accomplir les
   deffeins,
Il fufpendit le coup qui partoit de fes
   mains ;
Ce grand Nom qui du Thrône fera toujours l'appui ,

France, c'est lui même qui prend ton
parti.
CONDE' parmi les flots de ce torrent
rapide,
S'avance d'un pas grave & non moins
intrépide,
Incapable à la fois de crainte & de fu-
reur,
Sourd au bruit du canon, calme au
fein de l'horreur,
D'un œil ferme & ftoïque il regarde la
Guerre
Comme un fléau du Ciel, affreux mais
néceffaire;
Il marche en Citoïen, & conduit par
l'honneur,
France, de ce grand Prince attends-y
ton bonheur.
J'entreprends de placer par une heureufe
audace,
BOURBON, aufli CONDE', au fommet
du Parnaffe.
Je

Je veux armer leur front d'un casque
menaçant,
Pour punir l'injustice & venger l'inno-
cent.
Siècle heureux de LOUIS ! Siècle que la
nature
De ses plus beaux présens doit combler
sans mesure ;
C'est toi qui dans la France ramène les
beaux jours :
Sous ton regne tes Sujets en jouiront
toujours ;
Les Muses à jamais y fixeront leur em-
pire,
La toile est animée & le marbre respire.
Quels Sages rassemblés dans ces augustes
lieux ;
Mesureront l'Univers & liront dans les
Cieux,
Et dans la nuit obscure apportant la
lumière,

Sondant la profondeur de la nature
entière :

L'erreur préfomptueufe à leur afpect
s'enfuit.

Et vers la vérité le doute les conduit.
Chère MARIE-ANTOINETTE
Que Vienne a vûe naître,

Vois du haut de ton Thrône les Fran‗
çois t'adorer,

Ils beniffent le jour qu'ils t'on vû abor‗
der,

Qui deffus les frontières en te voïant
entrer,

Ont fait des cris de joie & connu tes
bontés.

Tendre & folide ami, bienfaiteur géné‗
reux,

Qui peut te refufer le nom de vertueux:
Joüis de ce grand tître, tu feras honoré,
Des François Citoïens tu connois la
bonté.

Joignons à l'aimable Couple CONDE',
dont la fageffe
N'eft point le fruit amer d'une auftère
rudeffe;
Toi, qui malgré l'éclat dont tu bleffe
les yeux,
Peut compter tous amis, & tu n'as point
d'envieux.
J'entends de tous côtés les François
pleins d'ardeur,
Par-tout fe récrier de tes mains bienfai-
fantes & fur-tout de ton cœur.
François, vous favez vaincre & chanter
vos conquêtes,
Il n'eft point de laurier qui ne couvre
fa tête.
Un Peuple & des Héros vont naître en
ces climats,
Et fi de nos voifins leur envie les
portoit,
D'attaquer nos frontières & troubler
notre paix,

On verroit les BOURBONS voler dans
les combats,
A travers mille feux CONDE' porte-
roit ses pas;
Tour-à-tour la terreur & l'appui de
son Maître,
CONDE' est un Héros & ne cessera de
l'être :
C'est un autre Turenne, CONDE' est
sans égal ,
Non , jamais de nos jours il n'aura son
rival ;
Il a tous les talents de Turenne &
Villars,
Disputeroit le tonnerre à l'Aigle des
Césars.
Hélas ! que ne feroient point ces ames
vertueuses ,
La France sous ce regne va être trop
heureuse :
Capable d'entretenir l'abondance & la
paix,

LOUIS d'un cœur content joüira de ses
bienfaits ;
Près de ce jeune Roi regnera la concor-
de ,
Et les Poëtes à l'envie y formeront des
Odes ;
Et moi qui de mon sang j'ai verſé pour
l'Etat ,
Prêt à recommencer pour la gloire de
mon Roi ,
Je mourrerai content , ſi je mourrois au
combat ,
Si-tôt qu'il s'agiſſoit de la gloire de mon
Roi.

FIN.

9 782014 081411